句集

父の夜食

細谷喨々

朔出版

句集　父の夜食　目次

装丁　奥村靫正／ＴＳＴＪ
装画　山田開生／ＴＳＴＪ

句集　父の夜食

Ⅰ 春 祫

二〇〇七年～二〇一〇年

八四句

二〇〇七年

雨催ひやさしき色に花篝

香川県琴平町

葉桜や外厠なる金丸座

父母老いてゆくふるさとの梅雨の星

火炙りの地球と思ふ紅蜀葵

盆踊やぐらは雨に暮れにけり

地蔵盆とて帰りたる僧二人

道祖神より小さき子も地蔵盆

くわりん捥ぐおでこ眼鏡の寺男

二月堂の供田しほからとんぼ殖ゆ

寒くなき朝に不服の桂郎忌

減らず口かくあれと思ふ七五三

ショパン聴く外は時雨の日比谷かな

みとりとは生きることとなり霜柱

大風に枯木はしんと立ちてをり

二〇〇八年

初春の健診ゆるり身繕ひ

ソウルにて　二句

ハングルで我が名六文字春の旅

春泥の道や李朝の宮殿裏

春寒し隅田川渦五つ六つ

盆梅のちらほら咲きが届きけり

棺の父へ春袷選る母小さし

『父の夜食』栞

いつまでも

祭々——工藤直子（詩人）

ある日、友人数人と、細谷先生にお会いする機会があり、とたんに我々は細谷先生が好きになりました。で、もっとお会いしたいと思い、俳句を教えてくださいとお願いしました。——お目にかかる口実です。俳句、ごめん。「螻蛄《けら》の会」と名づけ月一回。十一年たち、皆、俳句が好きになりました。今、私は句への会い方が少し変ったようです。「自分の好きな句を見つける」というより「句が、私に会いにきてくれる」という感じ。うれしい感覚です。

父逝きて春ゆるゆると始まれり
あはれ蚊の縋りつきたる栞紐
捩花の五回ねぢれて空は青
何処までが此の世彼の世の蛍かな
さやさやは秋の風ねと言ふ子かな

細谷先生。どうかいつまでも、我々と我々の俳句を、見守ってください。

螻蛄の会連衆の「私の好きな句」（五十音順）

餡々選

青梅やいつか口癖だいぢやうぶ

てんと虫離れて遊ぶ子がひとり

餡々——草野良明（目医者）

一緒にいるとホカホカした気持ちになれるのは、喨々先生が弱い小さなものにも温かいまなざしを向けてくれる人だから。

敲々選

目瞑ればついと寄りくる風呂の柚子

敲々——保手浜 孝（版画家）

日常の何気ないことで思わず見過ごしてしまいがちなことも、宗匠が句にされるととても愛おしいワンシーンとして目に浮かびます。ユーモアに包まれ、ゆったりとおだやかな気持ちになれます。大好きな句です。

俊々選

熾見つめ涙ぐむ子もゐてキャンプ

俊々——新沢としひこ（シンガーソングライター）

宗匠の子どもへのまなざしは、寄り添い過ぎずに、優しいと思うのです。遠くの方から、それでいいんだよ、と静かに言ってくれているような。

澄々選

みとりとは生きることなり霜柱

澄々——保手浜澄子（野菜栽培人）

お医者さまでもある宗匠の「大丈夫」がいつも耳許で聞こえ安心して生活できています。

瞳々選

瞳々——草野ひとみ（ずぼら主婦担当）

なめくぢも共に越し来て新居かな

宗匠の俳句にときおり登場する動物や虫たち。小さい生き物や弱い者たちへの宗匠の温かいまなざしが大好きです。不出来な弟子の句を受けとめてくださる優しいお言葉も。

紀々選

紀々——市河紀子（編集者）

何処までが此の世彼の世の蛍かな

宗匠をはじめ螻蛄の会のみなさんとともに見た蛍。隣にいる人の気配がようやくわかるほどの闇夜でした。小児科医である宗匠に、子どもたちが蛍の命を借りて会いにきているような…。

猫々選

猫々——斎藤ネコ（音楽家）

脈ひとつもうひとつとぶ夜長かな

診療の心労で心臓に負担がかかってしまった様子が穏やかに描かれています。流石宗匠です。日本不整脈心電学会（http://new.jhrs.or.jp）のコピーに脈ありだと思います。「脈の日」は三月九日だそうなので、春の季語でも是非一句お願いします。

父逝きて春ゆるゆると始まれり

東伏見家御長女誕生、高上君外孫

一の姫抱きて花の夜明けかな

ライオンの貌の擦り傷新樹光

土の香も夏めきにけり父の墓

支那墨に黴や形見の硯箱

盆の佃や土左衛門供養塔

親の下駄履いて来し子も施餓鬼かな

ハンカチと数珠持たされて川施餓鬼

盆踊唄は地獄に堕ちやがれと
この辺で休まうぢやねえか盆踊

やうやくに屋台の風も秋めきて
芋煮会いちばん橋で待ち合はせ

紀州美濃信濃の人の柿自慢

夜寒さや吃音の子を思ひけり

煤逃げやひそと呑むべし昼の酒

歯を磨き父失ひし年送る

二〇〇九年

さしたる山でなければこその春の雲

明るさは父の忌日の春障子

歩き遍路　四句

お四国の負荷に入るるチョコレート

白牡丹ほろびのかたち調へよ

今年竹鳴る子どもらが遊ぶかに
ところてん水湧く森の中に店

熾見つめ涙ぐむ子もゐてキャンプ

雲の峰腹筋百回して高し

青梅やいつか口癖だいぢやうぶ

看護師が着付けてをりぬ子の浴衣

シーサーの尻を賞でつつ氷水

虚子庵によその人住む白芙蓉

いつそう悪くなりたるあたま鉦叩

トラピストトラピスチヌや鮭遡上

腹這ひて探すボタンや秋麗

歯の掃除されをりワニのごと小春

黒人の博士も一人聖夜劇

赤ん坊のよく泣く日なり冬日和

二〇一〇年

葉書来る泣きたいほどの吹雪よと

さあどうぞ雨降りなさいクロッカス

ふるさとは降る雪越しの斑山
窓いつぱい手品のごとく辛夷咲く

小手毬や首すぢ寒く男の子

雀の子鳴くかに靴が鳴る朝

花見酒くまなき月を遥かにす
坂がちの目黒吹き抜け桜東風

饅頭で泣き止みし子が入園す

雨混じり花びら混じり初登園

東京藝術大学

花冷えは石膏室のダビデにも

腕ゆつくり天道虫の飛ばぬやう

実桜となりて一枝は水にふれ

英国にて　三句

ミッフィーもピーターもゐて夏の庭

夏空やしばし鴉の一騎打

マティーニや夏至の倫敦暮れなづむ

子は父と祭の朝の顔洗ふ

小石川傳通院
白木槿斬られて死にし先祖の碑

おろおろと秋暑き日を歩きけり

秋刀魚焼く脂混じりの塩燃やし

あはれ蚊の縋りつきたる栞紐

鬼の子に風の楽しく吹く日かな

さはやかに植木屋は刈り込みにけり
きのこ飯炊かん手はずを調へて

それなりの寒さとなりぬ酉の市

繁盛を願はぬ職も酉の市

婆さんの姉さん被り花八つ手

時雨るれば絵になる東京タワーかな

日記買ふ散髪に行く道すがら

山手線

泣きはらす眼を真向かひに年の暮

II

数へ日

二〇一一年〜二〇一三年

二〇一一年

権之助坂を上りて初霞

七草の届くならひの夕べかな

豆撒きて猫の額の庭である

犬の機嫌猫の機嫌や土手青む

鬱の気のちらちら兆す朝寝かな

奈良　猿沢池　二句

苗木市池を背負ひて立ちにけり

春の闇そのまま池へ続きけり

雨を汚し木の芽を汚し私たち

むらさきが支へて春の虹立てり

金魚売めだかの桶は脇に置く

なめくぢも共に越し来て新居かな

桜桃の粒ごとに夕闇の来る

舟虫はぞろぞろ蟲と呼ぶべきか

蟻殺す粉撒きて妻たくましき

ソフトクリーム先の尖つてゐる時間

昼顔やをみな手数珠をゆるく巻き

空蟬がすずなりメタセコイアの木
かまきりや接触不良のごと止まる

便りより先に枝豆届きけり

此処にも風があると揺れ草の花

二百十日夕べの風を心待ち
屋上に一人の月を祀りけり

星月夜懐かしきもの薬包紙

銀杏拾ふ大きくなりし近所の子

秋うらら小さく丸きおならする

刺箸と忌まれ芋煮の昔かな

孫の数だけ柚子浮かべ今日の風呂

どの杭も鷹をとまらせ最上川

イギリスのセーター生成り賢治読む

整頓しものの失くなる年の暮

いぢめつ子のごとく踏み行く霜柱

セロリガリリ血の清んでゆく朝かな

二〇一二年

まだ塩の抜けぬ数の子日の暮れぬ

青墨は桂郎好み雪中花

地吹雪や終点までの客二人

ふらここや順番待ちの子が歌ふ

春眠し歯科の治療の椅子にさへ

初花を黒谷会津墓地に賞で

滝桜来し方といふ刻のあり
桜蘂降り雨降つてこのぬかるみ

白といふ透き徹る色独活洗ふ

現世がうすれゆく時ほととぎす

ＣＴフィルム越しの金環蝕涼し

由布院　玉の湯

雷の中一家総出で見送らる

まばたきが挨拶であり寝冷えの子

聖母病院　栗屋豊先生

死の床を照らすにはよし晩夏光

富士の初雪子が逆立ちの出来し日に

十粒ほど実をこぼし割る柘榴かな

コスモスや少しの風に揺れてこそ

植木屋は病み上がりなり松手入

芋嵐ジャンパーの背をふくらます
ジェットにも追ひついて来る今日の月

箱に独り林檎を齧り終列車

鶴岡に頃合ひに着く十三夜

ひとひらとかぞふるべきぞみやこどり

極め付きの数へ日二〇一二年

定年が来年一月二日。感謝礼拝、送別会は
年内に済ませて、をはりに一句

二〇一三年

石鹼は固形がよろし女正月

ほろよひや白魚椀のうすにごり

えらさうに赤ん坊春の乳母車

揚雲雀地はひそやかに熱をもつ

水枕知らぬ子もゐて三鬼の忌

我が家にもはるといふ名の一年生

筆箱てふ鉛筆の箱春灯

藤棚と呼ばれし舊家ありしこと

お砂場をほんのりみせて春の月

捩花の五回ねぢれて空は青

こころの在処話すをぢさん桜桃忌

知らぬまま夏至の一日を暮らしけり

好きな色梅雨空色の墨を摺る

浴衣の子ぐづぐづになり電気飴

「小さ過ぎます」郵便戻る露伴の忌

おもだかの花がふちどる田一枚

畦を来て稲の香のする犬になり

処暑の日の顔で受けたる天気雨

何の塚やら桃三つ供へられ

八月やオルガンの蓋軋みけり

十三夜さやかに天気雨の降る
櫓田の白鳥雨を厭はざる

仲見世の裏のシチュウ屋桂郎忌

死者のこと数で言ひたくなき寒さ

冬帽子リュックにつめて乗船す

八丈島　二句

荒海は時雨の中に暮れにけり

柚子ひとつもらひて旅の一夜かな

Ⅲ　最上川

二〇一四年〜二〇一六年

九三句

二〇一四年

初夢やどこかに彼奴の出てきたる

陽のあたる場所に必ず初雀

奈良　五句（一月二十六日）

お山焼なれば花火が露払ひ

お山焼戒壇院の鴉鳴く

焼けて山ひたすら黒く月煌々

お山焼く音風向きを伝へたる

十二神将揉み合ふ様に在はし冬

風邪の子や存外隠居忙しく

左手の痺れのとれぬまま寒波

毛糸編む母が昔の顔をして

空港に買ふ芋ケンピ日脚伸ぶ

水温む日も老犬のとぼとぼと

つばくらめ空青ければ喉赤き

春雷や目つきの悪き犬の過ぐ

風信子なにかに耳をすましをり

春惜しむ歩きたがらぬ犬を連れ

乗客のみな押し黙り梅雨の貌

小児科の甕絣目高の飼はれをり

夕焼雲引き込み線のその先に
友の死や鬼百合が蕊吐きたる日

かなかなや探して言葉みつからず

秋めきぬおみやげの香焚きをれば

水引の咲く前の朱のことのほか
うらなりの南瓜にありて向う疵

及ばずながらやつがれがとは案山子

マスカット受洗するごと洗はれて

無花果の熟すか闇の匂ひ来る

羽織らせて夜なべの母を置き去りに

十三夜後世なき者を照らしけり

ぐじ焼いて昼酒欲しき思ひかな

裸木にそれぞれの体日の沈む

数へ日や日毎に重き小銭入

二〇一五年

風花を吐息が消してしまひけり

そらぷち冬キャンプ

風花をながめて子らのハンモック

小石川療養所跡　二句

古井戸の蓋の隙間や春寒し

薬草園福寿草陽をひとりじめ

いつもの鍋に土筆煮ていつもの器

いくさ無き時代に生まれさくらもち

青空や飛行機雲も春の雲
さへづりやかはたれどきのそらのいろ

明け暮れの白木蓮のこの三日

五匹まで数へ猫の子見失ふ

言霊の幸ふ国の春終る
蛍袋色を濃くせよ雨催ひ

早苗田に縦縞の月上り来る

奥山のそのまた先の蛍沢

雑木山に搦めとられし蛍かな

何処までが此の世彼の世の蛍かな

たつぷりの蛍火太宰忌を修す

桂郎も一白水星桜桃忌

エルニーニョなんのかんのと夏猛る

雲海も平らかならず大西日

月見草咲く憑き物が落つるごと
さみしさを置き忘れきし梨かとも

果実的野菜とされし西瓜切る

鵙高音ヒマラヤ杉のある空き家

頃合ひの中空にあり後の月

首無しのマネキンが着る冬衣

黒髪をめづらかに見て初時雨
姉欲しと思ひし記憶狐火に

救急車静かに着きて石蕗の花

久々の陽の明るさよ葱刻む

ぼろ市や家族に二人左利き

二〇一六年

初曙まだくろぐろと最上川

細雪紗幕のむかうの日が沈む

公魚のたちまち雪をまとひけり

のどかさに老犬のながながと寝て

潮干狩水の嫌ひな犬を連れ

潮干狩おむつの子まで加はりて

猫の子のおもひのほかの軽さかな

山藤の塔のごとくに山の中

玉葱は吊られ約束忘れられ

新幹線那須野ヶ原の麦の秋

てんと虫離れて遊ぶ子がひとり

梅雨寒や思ひ出のかの封鎖棟

香水の男を避けて座りけり

モヒートの青蝦夷梅雨の夜なりけり

下向いて咲く茄子の花日の翳る

台所のくらがり祖母の梅焼酎
ブルーベリー軍手に詰めてキャンプの子

木漏れ日もはや夕めくよハンモック

山廬　三句

連山の雲はらひたる大西日

大西日かの連山を荘厳す

秋海棠一枝嫣然硝子鉢

七夕の竹持つ子らのさざめけり

撫子や雨は睫毛を濡らしたる

水引草からまりからまり雨の玉
あの辺り月の在り処や雲の色

羽衣の雲一枚と今日の月

己が葉に花びら散らし貴船菊

さやさやは秋の風ねと言ふ子かな

縁側に柿が山積み日の燦々

葛湯吹く明日が今日になる時刻

Ⅳ 存問

二〇一七年〜二〇二〇年

一一〇句

i

摺鉢の摺り癖母の去年今年

古来稀とはとんだことと初暦

安楽死尊厳死の書読初めに

富士見んと出で来て今朝の初霞

腹に鍼打たれてをりぬ七日かな

万両や名も蓬萊のとんかつ屋

寒卵孕みたるごと布袋

寒稽古滅法強き子が一人

鬼やらひ天撃ち地撃ち四方撃ち

柚子胡椒ぽちり乗せたる酢牡蠣かな

初午や造り酒屋の小豆飯

猫柳すこし弱音を吐いてみる

蒸しパン屋前はミモザの花盛り

洋卓の古色ミモザの花雫
寝そびれて遠く雪崩の音を聞く

永田和宏氏と神戸で

如月や歌よみと汲む灘の酒

朧月なれど満月拝みけり

日曜は子どもを診る日ひな祭り

雛の日の牛丼飾る紅生姜

雛の日のフライト女性機長かな

今年はや父の立ち日や雪の果

父の忌や素手で雉子獲る話など

春一番二番三番友自裁

果樹園に春押し寄せて来る日かな

残る雪杉の実と葉を扱き混ぜて

東大寺

救護所は四月堂なりお水取り

ネクタイをせずにすむ日よ水温む

春睡し枕の高さ決めかねつ

春の河うねりの中のさざれ波

春の河遊覧船はてんこ盛り
月山はてらりと白し春の風

飛蚊症残し溶けゆく揚雲雀

人間体温計と言はれて老いて春の風邪

春光に生きてゐるかのやうな塵

店たたむ八雲食堂しじみ汁

ふらここを怖くなるまでい漕ぐ子よ

春キャベツ選る手秤の頼りなく

やうやくに立ちて仔馬の肋骨

バゲットを買ひ荷風忌と思ひけり

行く春や雨漏りのするバス走る

行く春や自然死に○検案書

言祝ぎに駿河に来たり夢見月
忘れ汐いそぎんちやくに指吸はせ

苗売の声寄席に聞く夕べかな

八十八夜上野の犀は雨の中

ii

飛行機もバスも窓拭く五月なる

わたくしに風呂を立てむと菖蒲買ふ

ワイシャツは素肌に今朝の薄暑かな

妹三人揃ひたる日の初鰹

鰹焙る薰が届きぬ昼の酒

禁足令かててくはへてやませ吹く
のぼるより落つる蛍のますぐなる

梅雨出水谷の中なる狐川

山廬

むささびの飛びさうよ夜の緑かな

都留文科大

寝冷えとは斯様なものやいまさらに
眼鏡拭くいざ炎帝に見えんと

餃子屋の満席夏至の薄曇り

着陸の機窓揚羽の寄り来たる

ふるさとの青嶺の先の月の山

腕立て伏せ蟬の穴でも覗くかに

腕白が権禰宜となり夏祓

さくらんぼ種飛ばし会上天気

木漏れ日を散らかし夏の庭ひそと

竹林や師の夏痩せの影法師

歴戦の蠅なるべしと逃がしけり

蚊もともに揺るる田舎のバスの中

BOEING 777

ボーイングフフフと読んでキャンプの子

虹も出よキャンプの雨は昼に止む

飛び跳ねて野生の音を夜の金魚

夕端居猫の指など数へをり

寝袋も吊られてゐたる曝書かな

団塊も端から欠けぬ晩夏光

バチカンのピエタを思ふメロン食めば

iii

苧殻火を濡らす雨なり濡らしめよ

盆の月メールで届く京言葉

湯《ゆ》温海《あつみ》は三方が山法師蟬

耳許の呪文にも似てちちろ鳴く
あくびして耳抜きしたり鵙鳴く日

もともとはあかの他人ぞ鰯雲
あらそひを置き去りに月上りけり

やうやくに雲間の月を掘りあてぬ

膝掛けの配られてゐる月見かな

暁台へ

山上に月を悲しく見し人も

立待やときめきはまだ身のうちに

寝待月夜間飛行は揺れに揺れ

脈ひとつもうひとつとぶ夜長かな

三日月やレモンの実る木の静か

ジャンプして子が拭く窓や九月尽

後の月ギリシャ悲劇を観し夜も

昔々

往診の父の夜食に子が集《たか》る

川上屋から

栗きんとんおきまりで母噎せにけり

流れ星私はゆっくりと動く

いろいろの団栗を踏みかつ拾ひ

iv

須賀川　二句

花の精は紫衣の尼君牡丹焚火

菩提樹の落ち葉の道を択びけり

庭石の苔もろともに雪囲ひ

日溜りや見飽かず棕櫚の雪囲ひ

鼻かんで耳遠くなる波郷の忌

泣く孫にワクチン打つや夕霙

鮟鱇のふてぶてしきがムニエルに

冬の海見し思ひせし見舞かな

雪だるまをり空港のバス乗り場

呼吸するごとく雪降るヘルシンキ

雪女まづ唇を塞ぎたる

インバネス放埒の血も我にあり
裸木を真赤な月が攀ぢ登る

すれ違ふ犬の一瞥冬木立

目瞑ればついと寄りくる風呂の柚子

母子なり同じところに紙懐炉

顔見世の招きの文字の酒の照り

句集　父の夜食　畢

あとがき

本書は『桜桃』、『二日』に続く私の三番目の句集です。大学時代に始めた俳句ですから句歴だけは長く、はや五十年を超えました。よく続いたものです。

手もとに小学校時代の通信箋が残っています。左頁に成績が記入され、右頁に教師から家庭へのひとことが書かれています。右頁には毎年、同じコメントが記されました。「飽きっぽい」「根気強さに欠ける」「移り気」。

そんな私が長い間、俳句に関わり続けることができたのは、唯一の師、石川桂郎とのご縁のお陰と思っています。直に師事できたのは、たった七年間でしたが、そこで出会った島谷征良君をはじめとする大事な俳句の仲間が俳句を身近なものとし続けてくれました。第一句集『桜桃』はそんな中、不惑の年の刊行です。次の第二句集『二日』は黒田杏子さんと「件の会」の仲間が私を引っ張り続けてくださって、ようやく還暦に上梓したものです。

さて、お釈迦様の時代のインドでは、人生を四つの時期に分けて考えたといいます。「学生期」「家住期」「林住期」「遊行期」。当てはめてみると第一句集は「学生期」、第二句集は「家住期」が詠まれています。

この第三句集は「林住期」の作品集です。還暦以降に私を俳句に引きつけてくれたのは私がリーダーを務めてきた二つの句会の連衆です。特に詩人工藤直子さんとその仲間との「螻蛄《けら》の会」はコロナ禍にもめげず熱心に活動を続けてくれました。その間に父は亡くなり、孫の数は増えました。

もう故人となられた小児科医の大先輩の言葉に「晩年とは死とむきあう年代のこと。本人の心構えに関するもので生理的年齢とは無関係である。」というのがあります。いよいよ私自身も晩年です。

時々、子どもの頃を懐かしく思い出します。内科医の父は農村で小さな医院をやっていました。まだ自家用車などなかった時代です。遠くの患家まで自転車で往診していました。町内の川向こうの家に行くには渡し船を自分で操って最上川を渡らなければならなかった頃のことです。当時の我が家の風景を懐かしく詠んだ一句がこの句集の中に入れてあります。「昔々」の前書きつきの、

往診の父の夜食に子が集《たか》る

この句から第三句集のタイトルを『父の夜食』としました。急患で呼ばれ、夕食も食べずに往診に出た父のために母は夜食を準備して帰りを待ちました。そこに私と妹が……。

父は美味しいものを食べるのは大好きでしたが、骨の多い魚などは面倒だからといって箸をつけませんでした。食べやすいようにして食べさせるのが母の仕事でした。一回り年下の母は気難しい父の優秀な飼育係でした。結局、母は父をして九十六歳の天寿を全うさせてくれました。その母も今年の十月に九十七歳。おかげさまで健在です。

この句集を面倒くさい父と息子を晩年まで支えた母と、同じく苦労をかけ続けたわが妻に捧げたいと思います。

最後に本書の上梓に尽力して頂いた朔出版の鈴木忍様、装丁をお引き受けいただいた奥村靫正氏に心より感謝申し上げます。

二〇二一年十月

細谷喨々

著者略歴

細谷喨々（ほそや　りょうりょう）

昭和23年1月2日、山形生れ。本名、亮太。小児科医。

東北大学在学中に石川桂郎に師事。昭和45年「風土」同人。

昭和50年桂郎死去後「風土」を去り、同門の島谷征良の「一葦」創刊に参加、同人。

平成15年「件」創刊に参加、同人。

句集に『桜桃』（東京四季出版）、『二日』（ふらんす堂）、エッセイ集に『パパの子育て歳時記』（毎日新聞社）、『小児病棟の四季』（岩波現代文庫）、『生きるために、一句』（講談社）、『いつもいいことさがし』、『いつもいいことさがし２』、『いつもいいことさがし３』（暮しの手帖社）ほか、坪内稔典・仁平勝との共著『旬の一句』（講談社）などがある。

俳人協会評議員

現住所　〒152-0023　東京都目黒区八雲2-23-3

句集　父の夜食　ちちのやしょく

2021年12月10日　初版発行

著　者　　細谷喨々

発行者　　鈴木　忍
発行所　　株式会社 朔《さく》出版
　　　　　郵便番号173-0021
　　　　　東京都板橋区弥生町49-12-501
　　　　　電話　03-5926-4386
　　　　　振替　00140-0-673315
　　　　　https://saku-pub.com
　　　　　E-mail　info@saku-pub.com

印　刷　　中央精版印刷株式会社・日本ハイコム株式会社
製　本　　株式会社松岳社

ISBN978-4-908978-72-2　C0092